ديوان

نقد في الصميم

د. جُمان الريحاني

إهداء..

إهداء إلى كل من يفقه في المشاعر

وإلى عشاق النقد

وإلى عشاق الحرف

جمان الريحاني

قهوة تركية :

امرأة لا تتعلم أبدا

تخلط المزح بالجد كما تخلط القهوة بالسكر

امرأة عصرية

ونسيت تقاليدها الأسرية

لا تغضب ولا تتعامل بودية

بين القهوة العربية والقهوة الغربية

تحضر هي

إنها القهوة التركية

قهوة لا بيضاء ولا غامقة اللون

قهوة بنية

موعد مع كل بدر

قالت العرافة سوف تحضين بحبيب كالبدر

وسوف ترينه في وجه البدر

فرحت الفتاة بما سمعت

ولم تعلم بان ليس كل ماله وقع جميل هو كلام جميل

فالكلمة رمز ودليل

والمقصود قد يكون شخصا جليلا أو حتى ذليل

مرت الأيام

وفتاة الأحلام

تنتظر حلمها الجميل

جاء الحبيب

وكان طبيب

ولكن مكان عمله ليس بقريب

حصل النصيب

وبات

وبعد أسبوع العسل

سمعت من الطبيب كلاما لا يعجب

سوف يسافر بعد يوم دون سابق إنذار

من كلامه يبدو لا رجعة في هذا القرار

لديه زوجة أخرى وأولاد

ولا يمكنه أكثر عنهم الابتعاد

سوف يذهب إلى البلاد

حيث العمل والزوجة والأولاد

إذن هي زوجة ثانية

هذه خيانة أو أنانية

بعد أن وقعت الفأس في الرأس

ماذا يكون الإحساس

ضيق في الأنفاس

وضياع الأمان ولا يوجد مفر إلا فضيحة أمام الناس

قررت الصبر والقبول بالأمر المفروض

ذهب البدر طول الشهر

ولم يرجع إلا يوم اكتمل البدر

وهكذا دواليك حتى مر الزمان

كان زوجها كالبدر الجميل

وكانت تراه في وجه القمر في لياليها الحزينة

ولا تراه إلا مرة في الشهر مع كل اكتمال للبدر

سحقا للكوابيس

سحقا للكوابيس تأتي لتزعج نوم الحالمين

سحقا للأشخاص الذين يشبهون الكوابيس

يظهروا فيزعجوا حياة الهانئين

سحقا للكوابيس وما يشبهها

أبطال الكوابيس هم كوابيس الواقع

أشخاص حقيقيون يتمثلون بالكوابيس ليلا

مثلهم مثل الأشباح والأرواح الشريرة

رسالتهم إزعاج الأحياء

فسحقا لم يزعج حيا بذكاء

في يومه بالدهاء

وحين نومه يظهرون من خفاء

سحقا لأبطال الكوابيس غير الأكفاء

الذين لا تتعدى شهرتهم نوم المساكين بعناء

امرأة تتمنى العقم

امرأة كانت فتاة صغيرة بأحلام كثيرة

مرت الأيام

وتشتت البلاد

وتقطعت الأحلام

لم يبق أمل ولا حتى امن

أصبحت فتاة خائفة مفزوعة

العالم مخيف

والبشر وحوش

الحرب قطعت أكباد النساء

وشتت العوائل هدمت المنازل

قال الوالد:

يجب أن نهرب ونهاجر

لا حل أمامنا إلا اللجوء في أي مكان

لكي نستطيع أن نتنفس

لكي لا أخاف على الزوجة والأبناء

أولادي سوف يقتلون

وبناتي سوف تنهش أجسادهم الوحوش

الحمل كبير

الحمل ثقيل

أريد شخصا يساعدني على تحمل هذا العبء

لا يوجد إلا صديقي اكبر مني

انه في الستين

أريدك يا ابنتي أن ترضي به زوجا ليحميك

رضيت بنت العشرين بزوجها وكسبت رضاء الوالدين

نزح الجميع طلبا للهواء

أصبحت البنت امرأة ناضجة

ترى كل شيء اسودا أمامها

فما حلمت بخيمة ولا لقب لاجئ

ولا حلمت بشيخ يسعل طوال الليل

كانت طفلة

كانت لها أحلام

أصبحت محرومة حتى من الأحلام

أصبحت ممرضة لزوجها العجوز بعد يومين

وبد يومين أصيب والدها بطلق ناري

فأصبحت ممرضة الاثنين

والدتها امرأة كبيرة فتحملت مسؤولية كل البيت

وإخوتها

والطعام والدواء

إنها حياة شقاء،

حياة لا يرجى منها شفاء

إنها حياة عليلة كتبت على التعساء

أحست بشيء يتحرك في بطنها

وبعد أن اكتشفت الأمر

لجأت لكل الحلول

مع البكاء والنواح

لماذا يأتي طفل إلى هذه الدنيا وأنا لا املك أي سلاح؟

لكي تتخلص من الجنين

فما هذه الحياة إلا بؤس وغربة وللماضي والوطن وله
وحنين

تخلصت منه بدموع الأسى

لكنها ترضت لمضاعفات وتوفيت في الحال

فتخلصت من الجنين وكل الحياة

زوجة بقيد التنفيذ

منذ الولادة

تعودت على سماع كلمة أنت لابن عمك

عادة لا تزعج الكثيرين

كل الأطفال يتمازحون بالأمر

كل البنات هن زوجات صغيرات

أنت زوجة ابن عمك

مرت الأيام

كبرنا معا

ثم جاء حاجز الحشمة والحياء

حاجز

نم حاجز

أحيانا بعض الأمور تتنكر في أزياء ليست لها

لقد بلغت من العمر والجمال ما يجعلك جوهرة

ولكن لكي نحارب الأطماع

فأنت زوجة ابن عمك

البسي الحجاب ولا تقربي الباب

لا حب ولا أصحاب

حافظي على نفسك

حافظي على كرامة زوجك

سافر ابن العم إلى الخارج ليحضر الشهادة

والفتاة مستمرة في العزلة والعبادة

مرت الأيام وسنوات الشهادة

وسنوات آخر زيادة

تزوجت كل الفتيات

وأصبح الأمر غير محبوب

لم يعد بعد

أصر والده عليه بالعودة

فعاد وعمر الفتاة سبعة وعشرون

لإرضاء والده وتقاليد العشيرة

البس الخاتم وعقد قرانه وسافر من حاله

ومرت السنوات ولم يعد

تزوج أجنبية ورزق ببنت وولد

الحسرة في قلب الفتاة

زوجة ابن العم منذ الولادة

ضاع العمر في انتظاره

مرض والده ودعاه للعودة

تحجج بألف عذر

مات الوالد ومات معه الأمل في أن يعود ابن العم

حسرة الفتاة على موت العم

وحسرتها على قلبها الذي أكله الهم

تجاوزت الأربعين

وبعدها بسبع سنين

في يوم اليم حدث حادث اليم مات ابن العم

في حادث سيارة

تحت تأثير الكحول فقد كان في طريقه للبيت عائدا من

خمارة

حزنت ابنة العم

على زوج لم يكن لها يوما زوجا

لكنه كان ابن العم

وكانت هي زوجة قيد التنفيذ

وأصبحت اليوم أرملة بسرعة البرق للتنفيذ

حب على النت

الحب منتشر في كل مكان

ولكن لما يبدو الأمر سيان

حب على التلفزيون

وحب في السينما

حب في المسلسلات التركية

وحب في الأفلام الهندية

حب .. حب .. حب

بس يا بنت عيب الكلام في الموضوع ده

لا.. الحب حلال

الحب هو ابن الحلال

الحب يعني الزواج

وبيت وعيلة وأولاد

وراجل محترم ياخذ باله مني

بس يا بنت عيب

نعمل ايه

عيب .. كل حاجة عيب

كل حاجة في النور عيب

وما فيش حد بيخبط ع الباب

يبقى ايه

الشارع مليان معاكسة

منين نجيب حبيب والشارع مليان كلاب

تلفوني ما بيرنش

لو يشوفوا حد من الولاد يقول بتكلم ولاد

اوكي

يبقى ايه

بنات عطشانة للحب

بنات تعبانة من الغسيل والتنظيف

فكرة

منروح ندور على أي تسلية ع النت

طبخ ..

أو خياطة أو أي حاجة ..

لا في طلب صداقة ..

ده ولد شكلو جميل ..

شكلو ابن ناس

يلعب مع القط يبقى شخص حساس

بيهني والدته بعيد الام يبقى يعرف ربنا وطاعة الوالدين

لا.. وكمان بيصلي يوم العيد

إيه ده

فرج ولا إيه؟

معجب بصورتي وأنا حاطة بس ورود

كاتب أعزب وعيد الحب كان حزين

يكون بيدور على بنت الحلال

مصر ليه ع الصداقة؟

معجب يتقلي وعدم ردي

مصر ليه

إنت تعرفني ولا إيه

منجرب الصداقة حد خاسر حاجة

مساء الخير .. مساء النور

ممكن صورتك .. لا أبدا

عجبتيني .. طيب احكيلي على نفسك ..

ينفع أكلمك .. ولا أقلك كلميني انتي ودي نمرتي

كلامك جميل وصوتك أجمل ..

مروا يومين .. اسمعيني أنا تعلقت بيكي

يا لا نتقابل

تتجوزيني ..

ابعثي صورتك وكمان صورة وصورة وصورة

مليت مع السلامة

وده اسمك من صفحتي مسحته

ورسالتك لو تبعثي مش ح توصل

بس على فكرة ما فيش صداقة بين ولد وبنت

إنت زيك زي غيرك

كسرة قلب وحسرة

ما فيش فايدة يا دنيا

ما بتتغيريش ولا تحني علينا

بتحبي دموعنا ودايما قاسية علينا

إرهاب عائلي

فقد الأمان

سلب الحنان

تغير الإنسان

فقد الإنسانية وأصبح عدو عائلته

تخويف وترهيب

إرهاب وإرعاب

أين عساه يجد الأمان

من لا يجده في عائلته

الله موجود ومن يلجأ لله لا يحتاج ملجأ غيره

الحامي الحرامي

حامي الحمى حرامي

والحرامي هو حامي الحمى

عندما يكون الحرامي هو الحامي

يكثر العش والعمى

ينهش اللحم والحقيقة لا ترى

وكأنه بستار يمشى وتخفى

وكأنه ساحر يسحر الأبصار والعيون لا ترى

حامي الحمي

خائن

ودنيء

ولكن

لا أحد يشك فيه بالذات

لأنه موجود للحماية وليس لكي يسبب الأذى

تجتمع فيه كل الخصال

سحلية تتلون

وأفعى يتلوى

وثعلب ماكر

وضبع ينهش حتى العظام يقضي عليها.

نساء معذبات

عذاب في غياب الرجل

وأحيانا

عذاب مع الرجل

عذاب النساء عذاب إلى الممات

إن غاب الرجل

غيابه أثار الطمع لدى الرجال

وان هو حضر

زاد العذاب بسيطرته

بغيرته

بظلمه لها أحيانا

ليس كل ذكر رجل

ولكن النساء المعذبات

دائما

هن في مجتمع الذكور

وليس مجتمع الرجال

<u>أنثى بلا آدم</u>

أيعقل العيش بلا ادم

أيعقل العيش بدونه

وقد خلفت الأنثى لأجله

فكيف تكون الحياة من غيره؟

أو كيف تكون الحياة في عينه؟

من أحبها آدم عاشت في عينه

ما أصعب إن أخطأك سهمه

والحب لا يخطئ سهمه

وسهم الحب لا يخطئ محبه

كيف لحواء أن تجد آدمها؟

وكيف لآدم أن يعيش بلا حواءه؟

أسئلة تحير العقول بطرحها

ولن تجد جوابا لفهمها

حرية الشَعر

حرية لا تتعدى إسدال الشعر على الكتف

ولكن الشعر المسدول له دلائل ومدلول

ويقولون تسير على حل شعرها

فهي تسير بطريق متموج أو أعرج أو متعرض

إنها تسير في الخطية

وكيف علم الناس

وكيف تناقل الأخبار

قالوا:

إنها تسير على حل شعرها

إذن فهي تجاوزت الحيرة بحريات

وأصبحت لا تعترف بالحدود ولا القارات

إنها لها رأيها الخاص

تحب هذا وتكره ذلك

تصاحب هذا وتغيره بذلك

لها أفكار تحررية

وتنادي بالحرية

روح

روح يقودها شوق وحنين إليك

ماذا يفعل الجسد

هل يطلق عنان الروح

أو يطبق عليها

هل نحن في الحب معا؟

هل نحن معا؟

هل نحن في الحب معا ؟

أم أنني لوحدي ..

لوحدي أمام نفسي وأمام الناس ..

لوحدي أواجه كل شيء ..

وأنت بعيد عني ..

بعيد من حيث المسافة ومن حيث العواطف ..

لا تطمئنني حتى بكلمة ..

حتى بكلمه أنا معك أو أنا لك ..

تعبت من نفسي ومن كل المحيط ..

تعبت من الظن رغم أن قلبي على يقين ..

تعبت من الهجر والجفاء ..

تعبت من الوحدة والبعد ..

تعبت من الأيام التي تمر وكأنها وقت ضائع

يأخذها الزمن من أعمارنا التي لا نعرف عدد أيامها ..

حبيبي أنا لا أتمنى أن أعيش كثيرا

ولكن كنت أتمنى أن أعيش معك

ولو لحظة

لحظة تكون كالخلود في الحب

أو الأبدية

ولكن مع الموت فيها أيضا

فلا حياة بعيدا عن الحب..

بعد إدراكه ..

كذلك هو قلبي بعد أن عرف حبك

وأدركه

لم يعد يراعي أهمية

لا للحياة بشكل عام

ولا للناس

ولا لأي شيء

لا لشيء أو أحد سواك .. .

وردتك

حبيبي وردتك ذبلت من برودة الهجر والجفاء ..

حبيبتك كوردة لا ترى نورك فتحييها ..

ولا تسمع صوتك فبصوتك تسقيها ..

حبيبتك وردة تذبل كل يوم في بعدك ..

..

عدم الأمان

حبيبي شعرت اليوم بعدم الأمان ..

ولكن أنت لم تكن موجودا معي ..

لو كنا معا ..

هل كنت لتحميني ؟ ..

حبيبي يا حمايتي وأماني ..

هل كنت لتحميني من الناس ومن الزمان ؟

أظن نعم ..

أظنك كنت لتحميني ..

كنت أنت لتضمني إلى قلبك فأشعر بكل أمان الدنيا ..

كنت لتحميني بين ذراعيك ..

ولكن ..

لكنك يا حب لم تكن هنا .. ..

آه لو تعرف كم بكيت اليوم لأنني لوحدي ..

لأنك لست معي ..

منذورة لك

حبيبي ..

وكأنني منذورة لك ..

وأعيش من أجلك ..

وكأنني أراك

وأسمعك

ولا يهمني أي شخص وأي شيء سواك ..

قلبي ممتلئ بالحب بحبك وبك ..

حبيبي بدونك لا أعرف طعم النفس والهواء ..

وكأنني لم أكن حية من قبل ..

نعم لقد عرفت الحياة حين دق قلبي بحبك ..

بدونك أنا تائهة ..

لا أعرف كيف قد ينبض قلبي بدونك ..

أحبك وقلبي يحبك ..

قلبي مؤمن بك وينبض لك ..

..

أمل وأمل

حبيبي أتمنى لو أننا معا ..

أنا خائفة..

ومتعبة..

وأشعر بالبرد ..

أشعر بالوحدة كثيرا ..

أنا وحيدة ..

أنت بعيد عني ..

ولا أشعر بالانتماء لسواك ..

حبيبي..

أيام تمر ولازال الأمل قائما ..

أمل الحب هو أمل حياة ..

أمل القلب أن ينبض بحق ..

حبيبي ..

لحظات تمر ..

دقائق تمر ..

ساعات تمر ..

أيام تمر وليالي تمر ..

شهور تمر وسنوات تمر ..

اقترب العام الجديد ..

وكل يوم أنا أفتح عيوني من أجلك ..

أتمنى لو كنا معا ..

أتمنى لو أن لنا في صندوق مفاجآت الحياة

حياة لنعيشها

فلنفتحه ولنبدأ حياتنا معا ..

أنا في شوق لنا معا ..

لو أننا في ذلك البيت لن يهمنا برودة الجو والثلج ..

فالدفء في قلوبنا وفي حضن الحب ..

البرد في الجو مع وجودنا معا

أرحم من قسوة الظروف

وبرد المسافة ..

ذلك في الصورة هو حلم يجمعنا بيتنا ..

فنجان قهوة

حبيبي ..

هل لي بفنجان قهوة لكي أسهر معك ..

مجنونة هي القهوة تخطر ببالي في أوقات مختلفة ..

أو مجنونة هي حبيبتك تخطر لها أفكار مختلفة ..

حبيبي أريد القهوة من يدك ..

يدك حبيبتي معالجتي و طبيبتي ..

يدك اليسرى حبيبتي

لماذا هي تبخل بحروفك العزيزة؟ ..

حبيبي وعزيزي ..

حبيبي الوسيم والجميل ..

حبيبي ليتك تجفف دموعي التي ملأت بحيرة الدموع ..

حبيبي الجميل ..

هل لي بفنجان القهوة ..

أحبك ..

القيم الحقيقية

حبيبي كل القيم الحقيقية نحن لا نراها ..

لا نرى الصدق ..

لا نرى العدل ..

لا نرى الحب ..

لا نرى الإيمان

ولكننا نشعر بكل هذه القيم

وكلما كان إيماننا بها قوي رأيناها أوضح ..

كذلك هو حبك في قلبي أؤمن به وكأنني أراه ..

وكذلك هو أنت

أؤمن بك وكأنني أراك ..

حبيبي ..

حبنا أقوى مني ..

حبنا هدية من السماء يمكنني الشعور بهذه النعمة ..

يمكنني الشعور بهذه الهدية السماوية ..

يمكنني الشعور بك ..

يمكنني الشعور بحبنا ..

الحب كنغمات الموسيقى

نسمعها

ولا نراها

وتجعلنا نشعر بالسعادة

ونستمتع بها ..

نحن نسمع دقات القلب حين ينبض القلب بالحب

ينبض بشكل مختلف ..

وكلام الحب هو تراتيل للقلب

ودعاء

وصلاة تحيي القلب ..

أحبك يا من جعل قلبي ينبض بالحب ..

يا من علمني الحب ..

أحبك ....

اليوم ..

وسأحبك غدا ..

وسأحبك إلى الأبد

إن شاء الله ..

أدعو الله أن يهبني القوة

لأجل هذا الحب ..

أحبك ..

الطرف الواحد

حبيبي ..

أنا لا أؤمن بحب الطرف الواحد ..

وإن كان موجودا في الدنيا فإنه حتما لا يليق بي ولا يليق بقلبي بكل تأكيد ..

لو لم أظن بأنه قد يكون ما بيننا قدر لما فعلت ما فعلت ..

ولو لم أظن بأن الحب في قلبي نعمة ويجب أن أصونه لما احتفظت به ..

وبه تمسكت ..

ولو لم أظن بأننا قد يكون في كتبنا شيء مشترك لما تشجعت ..

ولو لم أحس بما أحسست

ولو لم أشعر في كثير الأحيان بأنك معي وتحبني لما كنت

لحد هذه اللحظة أكتب لك ..

ولو لم يكن قلبي دوما صادقا وشفافا لما صدقته حين قال

أن أثق بك ..

ولكن لما أنا لوحدي ..

أنا بمفردي

أنا وحيدة

وصابرة فما أجني ..

لما أنا لوحدي وكأنك غير موجود بالمرة ..

لست ألومك وإنما ألوم زماني ونفسي وقدري ..

ألوم الزمن ..

ألوم الغموض الذي كان من نصيبي ..

لطالما تعبت في حياتي

ولم أكن أظن أنه حتى أجمل ما في الكون "الحب" حين
يكون من نصيبي سوف يتعبني ..

لطالما انتظرت الكثير من اللحظات معك ..

ولكن ..

أين هي تلك اللحظات ؟ ..

من الذي قام بقتلها ؟

من الذي قتلها ؟ ..

من ؟ ..

ماذا ؟

كيف ؟

أين ؟

لماذا ؟

أليس من حقي السؤال ؟

أين أنا منك وأين أنت مني ؟

لماذا هكذا ؟

.. ..

حلم وردي

أحلم بأن نكون معا في مساحة خضراء

واسعة جدا

والسماء

واسعة

وصافية ..

وحبذا لو يكون هناك نهر يجري

ونحن نمشي على طرف النهر

أو نسابق المياه ..

مع نسمات الهواء المحملة بعبير الحب ..

والعيون العاشقة

تلوح بالنظر

هنا وهناك

بحثا عن نظرات حب شقية

تحمل لهفة شوق

حتى ونحن معا ..

..

مواقع التواصل

وفقد التواصل على مواقع التواصل

فلا أم تتواصل مع أبنائها

ولا أطفال يتواصلون مع أقرانهم

فقد الأطفال داخل الألعاب

وفقدت النساء داخل المطابخ

بين الوصفات والتقديم

وفتيات يستعرضن الجمال

وجمال يفهم بالمفاتن لا بالأخلاق

ورجال فقدوا العقول

فقدوا داخل الروتينات

وعقول تروج للمعقول واللامعقول

عقول وراء المواقع

ومواقع تسحق الواقع

وأموال تتبادل بين هذا وذاك

اشتراكات ولايكات

تعليقات وهجومات

بين عرض وطلب

بين متابعة وبلوكات

وجوه الكتب

وضعت صورتها على الفيسبوك

صورة جميلة ولكنها تظهر بعض المفاتن

فجاءت مئات طلبات الصداقة

فتساءلت:

من هؤلاء؟

ولم هم كثيرون؟

إني لا اعرف أيا منهم؟

قبلت كل الصداقات

وقد كانوا كلهم رجال

فانهالت عليها الرسائل الخاصة

رسائل باسم الصداقة

ولكن ..

كلٌ يريد التعرف وتوطيد العلاقة

تفاجأت من الجرأة والصراحة

والكلام أحيانا غير مفهوم

ولكنها رغم ذلك

كانت كلما وضعت صورة غير مهمة

انهالت عليها القلوب والايموجيات

لم تكن تجيب على الرسائل الوقحة

ولا على قليل الأدب

ولا على الذي يرسل صورا جارحة

ولا على الذي يرسل روابط وفيديوهات

ولكن الفضول تمكن منها

فأرادت أن تعرف سبب ما يدور

كان بين الكثيرين شاب مميز

كان هادئا وصفحته لا تبدو غريبة

كان وفيا ولمدة من الزمن وهو يرسل رسائل محترمة

بدون كلل ولا ملل

وفي يوم رأت بأنه هو من يستطيع أن يعطيها الجواب

فسألته بعد أن أصبحا شبه أصدقاء

وطلبت منه الصراحة

كل الصراحة

فقالت:

لدي سؤال يؤرقني

قال:

وما هو السؤال؟

قالت:

ليس عنك بل هو عني

قال:

اخبريني ولا تهتمي

قالت:

كل يوم عدد الأصدقاء في ارتفاع

وأنا لا اعرف لما الحال على هذه الحال

فقال:

لأنك جميلة

قالت:

ومن قال ذلك

وكيف عرف الجميع عني

وأنا لم أخبر أحدا بصفاتي

فقال:

ألا تعرفين المثل الذي يقول

يقرأ الكتاب من عنوانه

وأنت تضعين صورة تبين ما بي داخلك

صورتك على الحساب

هي عنوانك

والجميع منها قد قرؤوك

فأجابت وقالت:

ولكن تلك الصورة ليست صورتي

قال:

ولم اخترت تلك الصورة بالذات

فقالت:

لقد كنت معجبة بملابس تلك الفتاة

كما أن وجهها جميل

فقررت أن أضع تلك الصورة

دون أن أقرا الموضوع مثلما تقراه أنت

فقال:

ولكن الناس لا يفهمون هذا الكلام

ثم أضاف وقال:

هل تريدين نصيحة؟

قالت:

نعم

قال:

غيري صورة الغلاف

وضعي صورة تختلف عن تلك تمام الاختلاف

واكتبي هذه أنا..

ومن كانت صورتها على الحساب قد ماتت

وانظري ما الذي سيحصل

فقالت:

ولكنني لا أريد أن أضع صورتي

قال:

لا بأس

اختاري صورة تختلف عن تلك الصورة

ولكتن محتشمة وغير جميلة

وليس بالضرورة أن تكون صورتك أنت

وتفرجي وشاهدي

فعلت الفتاة ما قاله لها

وبعد بضع ثواني حتى اختفى آلاف الأصدقاء

منهم من ألغى الصداقة

ومنهم من قام بحجبها

ومنهم من أرسل لها المسبات

ولكنها لم تعرهم أي اهتمام

ومنذ ذلك اليوم

عرفت الفتاة قيمة الصور

وكيف أن الناس سطحيين إلى هذه الدرجة

لقد تهافت عليها الرجال من أجل صورة

لم تكن صورتها

وهرب الجميع من صورة

لم تكن أيضا صورتها.

انسى أن تقع في الغرام

انستقرام

ادخل الانستقرام

وانسي أن تقع في الغرام

فالصور كثيرة التشويش

وسوف يصاب عقلك بالتشويش

بين ذهول ورد فعل معقول

بين إعجاب وعدم الإعجاب

سوف تقضي الساعات بين إزاحة الشاشة

إلى الأعلى تارة وإلى الأسفل تارة

يمر الزمن وأنت في نفس المكان

ولكن العيون تتعب من النظر

وأنت ترهقها وحتى أنك لا تعتذر

يتوسع البؤبؤ وينكمش

ومشاعر كثيرة تختلج

إرهاق وتعب وتوتر في عضلات الرقبة

شعور بالانكسار

وأحيانا بالضغط الذي يولد الانفجار

شعور بأنك اقل

رغم أن صحتك جيدة وفل

شعور بان كل هؤلاء هم مميزون

وأنت عادي مثل وجود طبقة الأوزون

كل الفتيات مغرورات

وكل الشباب محظوظون

لا يمكنك أن تقع في الغرام

في وسط ليس على ما يرام

ولكن في النهاية أنت هو الوحيد الخاسر والملام

توترات..

توتر وتوترات وتويتات

تغريدات على أوتار متنوعة

وبوستات وصور وإعادة التغريدات

غردت تغريدة وحيدة

هاتف محمول

هاتف محمول

من لا يحمله يحمل الهموم

يقرب إليك العالم

وأحيانا يسجنك فيه

هاتف غير مضمون

يسمع كلامك

وينقل أخبارك

يتصل بدماغك

ويحاول التأثير عليك

يضع أمامك المغريات

له طريقته

وأسلوبه

فهو هاتف ذكي

بل أذكى من كثيرين..

من الذين يحملونه

يستعملهم ويستعبدهم

يلاعبهم ويلعب معهم

يؤثر عليهم بمختلف الطرق

وله طرق في ذلك وطرائق

أسلوبه سيطرة واستحواذ

مع متعة وإمتاع

ونزهات عقلية

وأحلام ذهنية

وأوهام فعلية

إنه الهاتف المحمول

المسنجر

رسالة بعد رسالة

طول الليل

ومسنجره لا يهدأ

أكل الفضول قلب الزوجة

وهي تعلم بأن الأمر ليس عاجلا ولكنه مصر

رسالة بعد رسالة

للأسف لا يمكنها لمس الهاتف

ولكن الفضول قاتل

أرادت أن تشبع فضولها

فأرسلها زوجها إلى بيت أهلها

وحلت مكانها

في بيتها

صاحب رسائل المسنجر

فتاة من فئة أخرى

ليست لبناء عائلة

ولكنها للمتعة

ولكن

رغم ذلك

أصبحت هي سيدة ذلك البيت

وشردت من تسيدت عليه قبلها

فتاة ذكية

وصاحبة مواهب نقية

راقصة بمعية

وتتقن فن الإغراء والتعري

وفن جذب الرجال وشد انتباههم

وفن السيطرة والتحكم

برسالة مسنجر وصلت إلى كل ما كانت تبغي.

سناب شات

تابعوني على سنابي

يا لكثرة السانابت

ويا لكثرة المتابعين

أصبح لكل ذكي متابعين

والناس تحب تتبع الناس

يتابعون لأجل الفضول

يتابعون لأجل المشاهدة

يتابعون للضحك والمسخرة

يتابعون من شدة الغيرة

ومن أجل التقليد الأعمى

وأيضا التقليد من أجل سرقة المتابعين

من أجل التفوق في مجالات لا يجب أن يتم تصنيفها على إنها مجالات

ولكنها ذات فائدة وتدر دولارات

لا\١١ في تعتبر مجالات للعمل والفائدة والإفادة

كلها تصب في مجال واحد واسع وكبير

إنه بيع الجسد

وكأن بعض المواقع فتحت مجالا لذلك

وكأن أغلب الرواد لا يجيدون إلا ذلك

سهل وبسيط

ويجلب ما يبتغيه الرائد في ذلك المجال

التيكتوك

تكتكة تكتكة

لم يعد يحلو للشباب إلا التكتكة

اعرضوا عن الحياة والواقع

اعرضوا عن الحب والزواج

واكتفوا بالكتكوتات التكتوكيات

رقص وخلاعة

ماكياج وعري

والكثير

والكثير

ولم يخلو الأمر من زيارة المتزوجين

يقولون التكتكة حلت العقد

لقد رضي ما لم يكن راضيا

واستغنى عن بحثه عن ما يرضيه

واكتفى بالتكتوكات وتكتكاتهم

لكي يعود إلى بيته راضي بواقع لم يكن يرضيه

وهذا حل العقد

واستفاد البعض من ما لا يفيد

عظيم الحب

قد يحب الشخص عمرا

عمرا كاملا

وقد يدرك قيمة عظيم الحب أيضا في لحظة واحدة ..

المهم أن يمتلئ القلب بالحب ..

جميل هو الحب الذي يملأ القلب ..

حتى وإن رافقته الأحزان ..

الحب هو شعور ذو قيمة عزيزة

ونادرة ..

ليس كل من قال أنا أحب هو حقا يحب..

أنا اشعر بحبك

بدون كلام

وأحبك بدون ..

بدون أن أسمع منك ..

Sommaire